ANGELIN RUELLE

A la
Fête de Neuilly

Silhouettes foraines

Préface par WILLY

Portrait charge de l'Auteur par WEAL
Trente Compositions par Francis GARAT

LIBRAIRIE LÉON VANIER, ÉDITEUR
A. MESSEIN, Succr
19, QUAI SAINT-MICHEL, 19

PARIS — 1908

A la Fête de Neuilly

DU MÊME AUTEUR

—

Les Chansons de la Morgue 1 volume. Léon Vanier, éditeur . . . . **2 fr.**

Sous le Voile, opéra-comique en 1 acte, musique d'Alfred Kaiser. Joué au Théâtre de la Renaissance à Paris et au grand Théâtre de Leipsick. Joubert, éditeur, rue d'Hauteville . . . . **7 fr.**

A paraître :

Figurines antiques, avec une étude sur l'Art antique par Jean Bertheroy.

Goliath, pièce en 3 actes.
Etapes, poésies.

—

SAINT-AMAND, CHER. — IMPRIMERIE BUSSIÈRE.

ANGELIN RUELLE

A la
Fête de Neuilly

Silhouettes foraines

PRÉFACE PAR WILLY

PORTRAIT CHARGE DE L'AUTEUR PAR WEAL
TRENTE COMPOSITIONS PAR FRANCIS GARAT

Nombreuses illustrations par ANGELI, T. BARN, GEO CHAMONIN,
GEO DESAINS, GRASS MICK, GUYDO, LAPIERRE, LUC LEGUEY,
MÉRIA, MOLOCH, REBO DES MONTILS, JEHAN TESTEVUIDE,
TYBALDT, VALVERANE, WEAL.

PARIS
LIBRAIRIE LÉON VANIER, ÉDITEUR
A. MESSEIN, Succr
19, QUAI SAINT-MICHEL, 19

1908

ANTEPRÉFACE

ANTEPRÉFACE

Samedi, trois mars, à l'heure où la grue
Songe à mettre un pied hors de son vil lit,
Je cognai, timide, à ton huis clos, rue
De Courcelles, très cher maître Willy.

Pour séduire ton groom ou ta servante,
Ma main malaxait un napoléon ;
Projet superflu ! dans mon épouvante,
Je fus rassuré par ton Paul Héon.

Celui-ci, fidèle à l'âpre consigne,
Me dit, avec un rictus déhiscent :
« Sur ma conscience aux blancheurs de cygne,
« Deux mille regrets, le maître est absent ! »

1*

Mon effondrement n'eut pas de limite :
« Alors, cette Ouvreuse hélas, que j'aimais,
« Dis-je, ne serait qu'une essence, un mythe
« Que l'on lit toujours, qu'on ne voit jamais ! »

« Non, me répondit Paul Héon ; le chantre
« D'Ysolde respire, et c'est un lapin :
« Beaucoup de cheveux, presque pas de ventre,
« Du nickel aux pieds... tel Bougrau l'a peint ».

« Willy pense, donc il est : c'est notoire ;
« Il mange, boit, dort, vote et fait l'amour;
« Mais quant à le voir, c'est une autre histoire,
« On ne le peut ni la nuit, ni le jour.

« Vos neveux, sur un socle en tronc de cône,
« Dans un Panthéon, chez quelque Grévin,
« Pourront admirer plus tard son icône
« Aux muscles puissants, au contour divin.

« Mais pour lui piger un seul tête-à-tête,
« Il faut être au moins Apache, Escobar,
« Facteur de piano, maîtresse d'esthète,
« Anatole France ou garçon de bar.

« Alors, fis je, il faut que d'ici je parte,
« Remportant ma Croix comme Jésus-Christ ?
« Non !!! » Et, m'enfuyant, à l'instar du Parthe,
Je lui décochai mon lourd manuscrit.

S'il te l'a remis, Maître peu morose,
Je t'en prie au nom de lecteurs divers,
Daigne l'enrichir d'un peu de ta prose
Pour faire avaler au public mes vers.

Mon cher ami,

Pourquoi m'avez-vous demandé de déposer au seuil
de votre volume un peu de ma prose ? Je me le de-
mande... et ne me réponds pas — ma confiance en
votre amitié et ma vanité native me contraignant
d'écarter cette explication désobligeante que vous
avez, machiavélique, souhaité cet avant-propos,
comme une ombre qui donnerait du lustre à vos ta-

bleaux ; je vous assure d'ailleurs qu'ils se passeraient
fort bien de ce repoussoir : vos forains pourraient
être signés par Forain lui-même et ce n'est pas pour
des reines-claudes que Neuilly s'enorgueillit de vous
inscrire sur ses listes électorales, Neuilly dont vous
célébrez si congrûment la fête traditionnelle.

Surtout vous avez spirituellement et justement noté
l'immoralité sereine et le bourgeoisisme des baladins
par quoi cette Kermesse se distingue, comme toutes
les autres d'ailleurs. Qu'elle s'affirme obscène, de même
que tous les spectacles réservés spécialement à l'en-
fance, nul ne le nie. Rien ne ressemble plus aux Fo-
lies-Bergères que cette foire dont le but inavoué est
de mettre à portée de tous — tâtez donc mon petit
mollet ! — les charmes que le public des Théâtres
boulevardiers ne peut contempler qu'à distance. O les
vicieuses extases de la somnambule ! O les savantes
secousses de la femme torpille !

Pour originale, elle ne l'est plus. Disparu le falot
saltimbanque d'antan qui était tout un BOHÈME; finis
les impresarios riches d'espérances seulement, LES
COSSUS IMAGINAIRES. En leurs baraques magnifiées res-
plendit un luxe nouveau : FIAT LUXE ! C'est le public
qui éclaire ! Au bout de cinq ans d'exercice, il n'est

pas de montreur de bêtes un peu dégourdi qui n'achète une villa ; les Ménageries appartiennent à des Crésus ; comme dit ma concierge, c'est pas de l'eau de *Bidel* (mais *Pezons* nos expressions !)

Et riche, lui aussi, riche comme les propriétaires des fauves belliqueux le Pétomane qui courbe les têtes sous le souffle de sa parole de paix ; millionnaire comme les dompteurs de lions, *le dompteur à gaz !*

Imitez-les mon cher ami ; comme disait feu *Guizot* « enrichissez-vous ». Entre les années grasses et les années maigres c'est la *grasse* que vous souhaite de tout cœur ;

Votre

Willy.

A VOL D'OISEAU

A VOL D'OISEAU

Pour M. Nortier maire de Neuilly.

Carton, zinc, bois, vernis, toile, papier, peinture,
Clinquant, paillons, cristal, défroques, oripeaux,
Débauche de couleurs, de sons et de drapeaux,
Poussière, bruit, vermine et relents de friture.

Nains pénibles, géants d'improbable stature,
Phénomènes, stropiats, truands, dresseurs d'appeaux,
Clowns malingres, lutteurs qui crèvent dans leurs peaux,
Proxénètes, barnums, bluff, battage, imposture.

Le dieu Chahut, époux de l'Electricité,
Asservit à son joug l'éphémère Cité
Où le bon sens est mort, la raison abolie ;

Et dans l'air embrasé de l'Avenue en feu,
Sous le calme apaisant qui tombe du ciel bleu,
De la Barrière au Pont, hurle un vent de folie.

L'AFFICHE

(1904)

Pour le peintre Misti

Brune comme aurait dû l'être Eve,
Corsage, un trésor ; taille, un fil,
Bouche ardente, grands yeux de rêve,
Geste aguicheur, troublant profil.

Neuilly huit jours avant la fête ;
Sur ses murs brûlés de soleil,
Me vit paraître et se dit : « Chouette,
Du printemps voici le réveil ! »

— « Oh ! la prétentieuse affiche
Qui se compare aux renouveaux »
Clame un Philistin. — « Je m'en fiche,
Sachant très bien ce que je vaux. »

« Devant ma beauté sans pareille,
Les jeunes snobs ont des frissons,
Et les vieux marcheurs, à l'oreille
Me glissent des mots polissons. »

« J'ai plus de sujets qu'une reine,
Des coffres pleins de confetti,
Mon nom est La Belle Foraine,
Et mon papa signe : Misti. »

ROULOTTES

Où sont les roulottes d'antan ?
Les forains ont pignon sur rue.
Adieu la bâche en toile écrue
Qui les préservait de l'autan.

Avec leur coffre cahotant,
La rosse aux brancards apparue,
Où sont les roulottes d'antan ?
Les forains ont pignon sur rue.

Tous, tous, marchand d'orviétan,
Dompteur, nain, clown, coquecigrue,
Extirpeur de dents, de verrue,
Chez eux font la pige au Sultan.

Où sont les roulottes d'antan ?

PATRIOTISME

Pour M. Gabriel Hanotaux.

Ne parlons plus de Reims : c'est la fête à Neuilly.
Mon vieux cœur de chauvin tressaille, enorgüeilli
D'y voir flotter partout la gaîté franco-russe.
Notre alliance ? il a bien fallu que j'y crusse ;

2

Elle y règne en travers, en biais, en large, en long :
Partout drapeaux en croix, partout Kronstadt — Toulon :
Cirques, chevaux de bois, tirs, ballons, périssoires,
Massacres, jeux, bateaux, scaphandres, balançoires,
Tout proclame un traité bien net, bien défini.
L'hymne des samovars *Bodjé Tzara Krani*
Se mariant avec l'air gaulois de *Poupoule*,
Cimente l'alliance et l'inculque à la foule.

MANÈGE DE COCHONS

MANÈGE DE COCHONS

> Les cochons tournaient, tour-
> naient : Lempereur appela
> « pouffiasse » cette femme
> trop bien mise qui le nomma
> « marlou ».
> (Charles Henri Hirsch. —
> *Lempereur s'amuse*).

Pour Léon Valbert.

Ils tournent les petits cochons,
Silencieux, mais folichons,
Enchevêtrant leurs paraboles ;
Ils vont, viennent, réalisant,
Des temps détraqués d'à présent,
Le plus éloquent des symboles.

Ils sont mignons, dodus et beaux ;
Leurs yeux brillent, tels des flambeaux
Sous l'éventail de leurs oreilles :

2*

On baiserait leurs jolis groins
Expressifs, pas du tout chafoins,
Et leurs ventres sont des merveilles.

A l'instar des snobs, des Sagans,
Ils sont corrects, fiers, élégants,
Heureux de vivre et point moroses ;
Leurs petits noms, Chéri, Trognon,
Favori, Mon Rêve, Mignon,
Sont brodés sur des rubans roses.

On ne les voit jamais souillés,
Fangeux, crottés, crasseux, mouillés,
Tels leurs confrères des provinces ;
D'un luxe éclatant mais discret,
Ils ont du chic, et l'on dirait
Des cochons qui seraient des princes.

Esclaves de l'âpre devoir,
Le jour, la nuit, on peut les voir
Tourner sans geindre, côte à côte,

Emportant sur leurs amples dos
Sénateurs, charcutiers, bedeaux,
Trottin, grande dame ou cocotte.

Quand leurs Centaures excités
Les accablent d'aménités,
Ils songent : « Soyez moins sévères ! »

Et leurs petits yeux indulgents
Ont l'air de dire : « Braves gens,
« Vous êtes nos sœurs et nos frère. »

« Qui de nous, d'ailleurs, L'est le plus,
« Quand lubriques et résolus
« Vers nous se dirigent vos couples ?
« Vous êtes deux ? nous serons trois !
« Chassez les préjugés étroits
« De vos cerveaux ; soyez plus souples. »

« Cochons fœtus, cochons de lait,
« Cochon maigre, cochon replet,
« Cochons de boudoirs, ou d'étables,
« Cochons d'Amiens, de Périgueux,
« Cochons rentiers ou cochons gueux,
« Ne sommes-nous pas tous semblables ?

Et voilà ce que les cochons
Disent, lorsque nous chevauchons
Deux par deux sur leur dos qui roule...
Et le penseur qui les entend
S'en va, désolé, mécontent,
Cacher sa honte dans la foule.

CHEZ LA GOULUE

Où sont les gros bijoux, les velours, les brocarts,
La gloire, le tam tam, les naïfs qu'on englue,
Le Moulin radieux où, sans cesse, évolue
Le troupeau des rastas qu'allumait ton regard ?

Ah ! les neiges d'antan ! Nous les regrettons, car
Tu n'es plus la superbe et l'unique Goulue
Qui, sous l'œil des « cipaux » à l'âme irrésolue,
Inculquait au public les lois du grand écart.

Vainement dans ton Arche où monte notre hommage,
Nous cherchons Valentin et la Môme Fromage,
Et Nini-Patte-en-l'Air et ta Grille d'Egoût.

Hélas ! tu restes seule, et, quoique grasse, ingambe,
Devant trois Philistins sans galette et sans goût,
Plus haut, toujours plus haut, lèves encor ta Jambe !

L'AVALEUR DE SABRE

Pour Paul Lelièvre.

Droit sur ses jambes en compas,
Lèvre sans poil et menton glabre,
Il va commencer son repas,
Le terrible avaleur de sabre.

Dans les gouffres de son gosier,
Le bon populo qui regarde,
Avec stupeur a vu l'acier
Disparaître jusqu'à la garde.

Et l'on entend : « C'est pour de bon,
« Pas de truc, de supercherie !
« — On dirait qu'il suce un bonbon.
« — Avec ça, pas moyen qu'il crie ! »

3

« — Vingt centimètres ! Pige Emma,
Acier trempé solide et ferme.
« — Faut avoir un rude estomac !
« — Mince alors ! As-tu vu la ferme ? »

Le cou gonflé, l'œil plein de sang,
Lui, plonge d'une main savante,
Le glaive qui monte et descend
Dans sa gorge, gaîne vivante.

Et sur son tapis de bazar,
Le seul meuble qu'il ait au monde,
Quelque sou, tombant par hasard,
Vient imprimer sa tache ronde.

Mais un irascible rentier,
Dans un accès de bile amère,
Dit : « Pour faire un pareil métier,
« Faut avoir tué père et mère ! »

Bourgeois ventru, parle plus bas ;
Eternel gobeur de palabres,
Comme lui, n'avales-tu pas
Des couleuvres au lieu de sabres ?

MENAGERIE
MONDAINE

Pour Georges Marck.

Ce n'est plus le dompteur classique d'autrefois
En bottes et dolman parmi sa horde fauve,
Fouaillant, très chevelu, le vieux lion très chauve,
Tour à tour bon garçon, formidable ou grivois.

Le belluaire aimé qu'on met sur le pavois,
Porte un frac impeccable et des chaussettes mauve ;
Sa chemise en batiste a des relents d'alcôve,
Ses yeux sont prometteurs et câline sa voix.

Froid, correct, insensible aux vivats de la foule
Qui, dans un bruit d'orchestre et des fracas de houle,
Vers les plus hauts gradins surgit de toute part,

Son regard endurci par la lumière crue,
Entre un mufle de tigre, et les crocs d'un guépard,
Fascine, au premier rang, la marquise ou la grue.

L'ÉCOLE FORAINE

Pour Mlle Eugénie Bonnefois.

Ton école nomade occupe un humble coin
Dans l'immense Avenue : aussi l'on n'y voit point
Affluer, le matin, en pompeux équipage,
Les descendants des preux avec groom, laquais, page,
Ou, flanqués d'un abbé, dans un vaste omnibus,
Les apprentis bourgeois, les petits bornibus
Qui s'en vont, dédaignant suif, moutarde et canelle,
Laver à Stanislas la crasse paternelle.
Non : des gosses chétifs, mal peignés, nidoreux,
Aux yeux clairs, au nez sale, au ventre parfois creux,
Des groupes babillards de fillettes pâlotes,
Essaim matutinal qu'égrènent les roulottes,
Tout un flot de bambins peu choyés par le sort,

Vers l'Avenir plein d'ombre essayant leur essor,
Voilà les tiens, ô femme sainte, qui procures
Le pain spirituel à ces âmes obscures,
Et de quelques lueurs étoiles leurs chemins.
Si tu n'étales pas l'orgueil des parchemins,
La peau d'âne sonore obtenue en Sorbonne,
Ton cœur est grand, ton âme est charitable et bonne,
Et le Christ du panneau doucement te sourit,
Quand tu couves, maman, d'un regard attendri,
Les rejetons déjà, pleins de trucs et d'astuces,
De la Femme torpille ou du Dompteur de Puces.

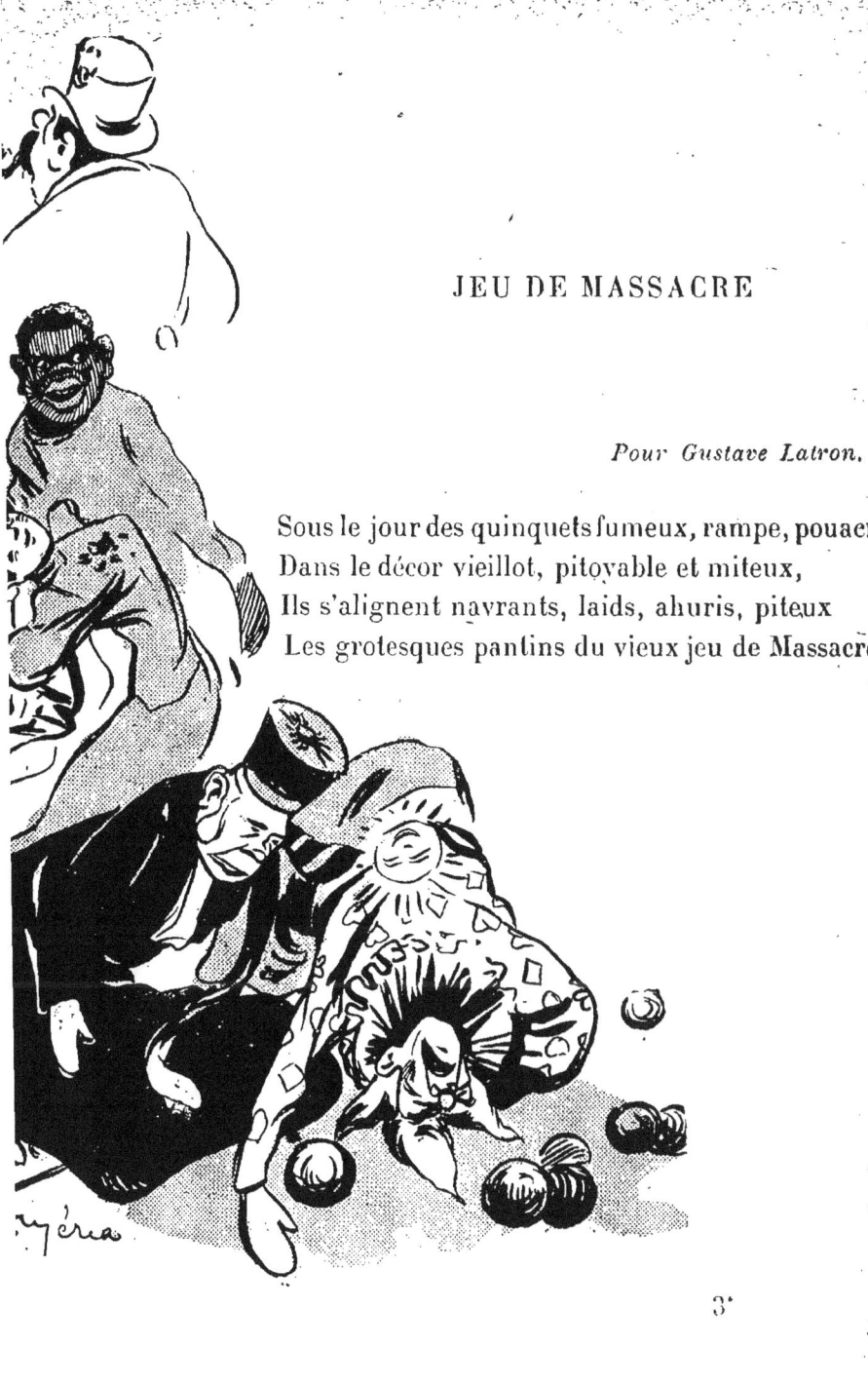

JEU DE MASSACRE

Pour Gustave Latron.

Sous le jour des quinquets fumeux, rampe, pouacre,
Dans le décor vieillot, pitoyable et miteux,
Ils s'alignent navrants, laids, ahuris, piteux
Les grotesques pantins du vieux jeu de Massacre.

3.

Les voici tous : le Nègre et le Cocher de fiacre,
La Mariée en blanc, l'Adjoint, le loqueteux
Le Gendarme, le Juge et le Clown marmiteux,
Le Poivrot rubicond, l'Anarchiste et le Quakre.

Masques d'horreur, d'effroi, masques de vérité,
Où grimace et gémit la triste humanité,
Vous nous parlez en vain : nul n'entend le symbole,

Car au lieu de sanglots, le rire sonne clair,
Quand la main d'un loustic, hilarant Discobole,
Décapite l'Abbé, Ravachol ou Deibler.

PAQUITA

Pour Charles Mérino.

L'Espagnole de Montsouris
Qui gère le Tir franco-Suisse,
Armant les fusils sur sa cuisse,
Arbore de charmants souris.

Tandis que Julot de Montrouge,
Objet de son amour profond,
Surveille, accroupi dans le fond,
Le jet d'eau coiffé d'un œuf rouge.

Avec des coups d'œil aguicheurs,
Des gestes de chat qui s'étire,
Vers le tube en cuivre elle attire
Les jeunes et les vieux marcheurs.

De leurs bourses au pauvre avares,
Ceux-ci, par sa gorge éblouis,
Extirpent des demi-louis
Qu'ils lui glissent en guise d'arrhes.

Mais, à la fin comme au début,
Chaque soir, à l'enfant dévotes,
Ces lamentables asymptotes,
Tourneront sans toucher le but.

Car hélas ! cœur tendre et main preste,
Quand sonne l'heure du berger,
Julot vierge de préjugé,
Saisit la galette... et le reste.

ARÈNES ATHLÉTIQUES

Sunt lacrymæ rerum !

Légendaire Marseille, incomparable Hercule,
Toi que nul ne tomba jamais, pas même Arpin,
Depuis qu'on t'a cloué dans ta boîte en sapin,
L'arène gémit, l'Art s'amoindrit et recule.

L'Athlète le plus gros nous parait minuscule :
Malgré le boniment et le perlinpinpin,
Derrière la façade on sent le carton peint,
La lutte se transforme en un truc ridicule.

Ton ombre peut dormir en paix, ô vieux lion,
Ni le Turc, ni Robin ni Fournier de Lyon
Ne feront oublier ta force et ta stature ;

Et nous t'évoquons tous, quand, terrible jouteur,
D'un seul enlacement du col à la *cénnture*,
Tes formidables bras terrassaient l'Amateur.

LES VAGUES DE L'OCÉAN

> — Voui, Ma'me Banouche, on va
> à la foire de Neuilly !
> — Amusez-vous bien, M'sieu Lem-
> pereur, et vot'dame aussi ; c'est
> de vot'âge...
>
> Charles-Henry HIRSCH.

Mignonne, allons voir si la fête
Que l'on dit tant soit peu surfaite,
Mais dont l'éclat n'a pas vieilli
Pour se conformer à la mode,
Favorise toujours l'exode
Des Parisiens vers Neuilly.

Ah ! tout le long de l'Avenue
Les Femmes géante ou menue,
La mégère qui gère un Tir,
Le Dompteur, le Titi macabre,
L'athlète, l'avaleur de sabre
Menaçant de tout engloutir !

Ah ! les Ballons, les balançoires,
Le Théâtre et ses accessoires,
Le massacre, les macarons,
La femme à barbe si velue,
Le Pétomane et la Goulue,
Hélas ! tous nous les reverrons !

O mignonne dont je me toque,
L'an dernier à pareille époque,
Séduit par ton sourire fin,
Je t'offris les Montagnes russes,
Afin qu'auprès de moi tu crusses
Voguer dans un rêve divin.

Chez Pezon tu sentis le singe ;
Pour éclairer tes yeux de sphynge,
Source intarissable où je bois,
Je te menai voir le scaphandre,
Et nous fûmes heureux de fendre
Les airs sur nos chevaux de bois.

Mais voilà qu'aujourd'hui, tu rêves,
O semblable à toutes les Eves,
D'asseoir autre part ton séant :
Tu veux pénétrer le mystère
Effroyable de « Mer sur Terre »
Et des « Vagues de l'Océan » !

Or, ton caprice étant un ordre,
J'irai donc avec toi me tordre,
Joyeux comme un guillotiné,
Sur ces machines haut posées,
Nous aurons d'abord des nausées,
Puis, nous rendrons notre dîner !

Et, de retour au cubicule,
Grotesque, affalé, ridicule,
Fourbu, fauché, sans un radis,
Ton pauvre Adam, Eve coupable,
Sera tout à fait incapable
De te conduire au Paradis !

VOLPETTE

Manège vélocépédique.

Pour Harry Reynaud.

Oh ! le hideux, l'ignoble et l'encombrant manège !
Ni le Congo brûlant, ni les Pôles de neige
Ni la Chine ajustant des cangues en nopal
Ni la Turquie où l'on vous assied sur un pal,
Ni le pays des Peuhls ni celui des Canaques

Où l'on est absorbé tout cru par des macaques,
Ni le froid Kanschatka, ni Fez, ni Tombouctou
Ni le Japon semant des torpilles partout,
Nul pays sous le ciel, nul œil, nulles oreilles
Ne connurent jamais d'épouvantes pareilles
A celles que le jour, la nuit, soirs et matins
M'inflige ton orchestre aux éclats argentins,
Et je veux que l'histoire à nos enfants répète
Ton nom, ton affreux nom Torquémada Volpette,
O sinistre Caïn dont je serais l'Abel,
Car, jamais, de Clovis à Phillipe le Bel,
Du premier des Valois au pâle Robespierre.
Nul sanglant écorcheur, nul tigre au cœur de pierre,
Nul monstre, nul tyran, nul ogre, nul bourreau
N'étendit, chaque jour, râlant sur le carreau,
Un plus énorme lot d'innocentes victimes
Que ton bastringue ou l'on tourne pour dix centimes.
A peine à l'Orient où Lucifer s'éteint
L'aube a-t-elle entr'ouvert les volets du matin
Que déjà, frais, dispos, la barbe bien peignée,
On te voit te blottir, malfaisante araignée,
Derrière le réseau de tes litres bruyants,
Qui rendent mille sons aigus, durs, effrayants,
Sous le choc répété des agiles baguettes.

Insensible à nos vœux et sourd à nos requêtes,
Sans répit, même, hélas ! pour goinfrer ton repas,
Jusqu'à minuit trois quarts, non tu n'arrêtes pas,
Heureux quand ton œil voit, de l'antre ou tu pénètres,
Tes voisins abrutis clore en vain leurs fenêtres.

. . . .

Va, je t'ai bien compris ! Tu veux te rincer l'œil
En voyant défiler la pompe de mon deuil,
Mais c'est en vain ! Devant l'horreur de ce martyre,
Je fuis sans plus tarder, je pars, je me retire,
Avant que d'être mort, à l'agonie ou sourd,
Dans un recoin paisible, au désert, chez les Ksour !

EXTRA LUCIDE

« Cocher, pioupiou qui déambule
« Les bras ballants, le nez en l'air,
« Apprenti, soubrette à l'œil clair,
« Pierreuse, marlou sans scrupule,

4

« Accourez tous : la somnambule
« Va vous montrer, brillant éclair,
« L'Avenir qu'avec un vrai flair,
« Pour vous, son esprit confabule ! »

Vers le mystérieux tiroir,
Comme l'alouette au miroir,
Tous vont, subissant l'attirance.

Et la fée aux longs doigts actifs
Tour à tour dans ces cœurs naïfs,
Verse pour deux sous d'espérance.

LE LION

Quæ potest esse homini polito
delectatio, quum præclara
bestia a venabulo transver-
beratur ?
Cicéron (Ep. ad. Fam, Liv. VII,
Ep. 1).

Pour Lucien Descaves.

Dans la mesquine horreur de la prison maudite
Où sa fierté s'émousse aux remparts des barreaux,
Quand le fauve accroupi sent venir ses bourreaux
Il lève lentement son front lourd qui médite.

C'est l'heure de la honte : allons, Sultan, debout !
Plastronne et fais le beau devant ce peuple lâche ;
Il faut, pour son plaisir, parader sans relâche,
Et, triste roi déchu, t'avilir jusqu'au bout !

A l'appel rauque et bref de son vainqueur farouche,
Sans retard, sans révolte, angoissé par la peur,
Son poil roux frissonnant, ses yeux pleins de stupeur,
Il accourt à ses pieds, s'humilie et se couche.

Et l'homme enorgueilli s'est fait un piédestal
De ce grand corps doré qui pantèle et tressaille,
Formidable jouet qu'il rabaisse à sa taille,
Lui meurtrissant la chair de son talon brutal.

Parfois, dans sa prunelle où meurt un noble songe,
Une flamme a surgi soudain, rapide éclair,
Son mufle s'est ridé, sa queue a battu l'air,
Sa voix terrible gronde et sa griffe s'allonge.

4

Mais le maître a planté dans ses yeux éplorés
Son dur regard d'acier qui torture et qui dompte ;
La fourche à ses naseaux met sa menace prompte,
Le fouet cingle, à grands coups, ses flancs déshonorés.

Et des vivats sans nombre exaltent l'attitude
Du belluaire altier qui lui jette l'affront ;
Et le géant vaincu, courbant plus bas le front,
Retombe dans la nuit de sa morne hébétude.

Plus tard, l'aube luira des lointains talions
Pour ces frères obscurs que notre orgueil dédaigne ;
Mais, soyez tous maudits par tout mon cœur qui saigne,
Vous qui mettez l'effroi dans les yeux des lions !

ALI BEN YOUSOUF

Pour Léon Durocher.

Le marchand de nougats, Levantin souriant
Dont le verbe caresse et dont l'œillade accroche,
Vers son humble tréteau sollicite l'approche,
Avec des mots charmeurs où chante l'Orient.

Ah ! les noix du Brésil, brunes, se mariant
Au sucre candi, pur comme un cristal de roche ;
Les dattes, les quartiers d'orange qu'on embroche,
Les glands, les cacahouëts, le berlingot brillant !

Or, tandis que sa voix au timbre aigu, provoque,
Les mâles, avertis par sa face équivoque,
Se détournent, gênés, cachant mal leur mépris ;

Mais la tendre bourgeoise avec sa demoiselle,
Viennent boire à longs traits, pauvres cœurs incompris,
Le doux regard mouillé de ses yeux de gazelle.

LE PÉTOMANE

Pour MM. Broussan et Messager.

Puisque Paris entier te couronna de roses,
Puisque tu rends sereins les fronts les plus moroses
Dans ton théâtre où court l'électeur recueilli,
Mortel dont le rectum eut réjoui Bœrhrave (1)
Puisque ton bruit aigu, profond, sonore ou grave,
Eveille chaque soir les échos de Neuilly.

Puisque des grands canards tu remplis la chronique,
Puisque de tous côtés, à ta louange unique,
L'artiste et le savant concourent à la fois,
Scatologue étonnant, détonant virtuose,
Harmonieux phénix, pardonne-moi si j'ose
A tes brillants accords mêler ma faible voix.

(1) Célèbre médecin spécialiste né à Leyde en 1668.

Donc tu peux imiter le luth, la mandoline,
Le son de la guitare et la voix de Méline,
Le chant du rossignol, le couplet du pinson,
A dix pas sans efforts éteindre une chandelle,
Jouer un Opéra, paraphraser Adèle,
Et même au grand Capoul donner une leçon.

Tu peux nous faire ouïr la cornemuse alpestre,
Les trilles parfumés des héros de Sylvestre,
Les trémolos touchants que célèbre Zola,
Sonner du cor mieux que Roland ou Robert Bruce,
Siffler la Marseillaise, entonner l'Hymne russe,
Les czardas avec quoi Rigo nous enjola.

C'est sublime, divin, fantastique et point drôle;
Le ciel dut te créer pour tenir un beau rôle
En notre jeune siècle aux spasmes énervants,
Et les peuples troublés, dans la nuit qui les voile,
Fixent, comme jadis les Rois sur l'humble étoile,
Leurs regards éperdus sur ta Rose des Vents.

Tous, l'épicier ventru, le notaire, l'artiste,
Le calicot, le pion, l'employé, le dentiste,
Au pied de tes tréteaux accourent se ranger ;
Les Immortels chez toi font quelques escapades,
Et le *Figaro* dit que devant tes croupades
On a même aperçu Jaurès et Bérenger.

Devant ton phénomène au si troublant arcane,
Se pressent le gommeux suçant l'or de sa canne,
L'artisan, le bourgeois, la marchande d'amour,
Attentifs l'œil mi-clos, la narine béante :
Enfoncés l'Homme nain et la Femme géante,
Gloire au seul Pétomane il est le dieu du jour.

Oui, gloire à toi ! Pourtant travaille dur et ferme
Excelsior ! Plus haut ! Nul ne veut mettre un terme
Aux réformes qu'après Ritt, Gailhard opéra ;
Et si Monsieur Beaumetz veut rester notre père,
Il prendra soin de nous et de toi ; donc, j'espère
Qu'on pourra cet hiver t'entendre à l'Opéra.

ATTRACTIONS MODERNES

Pour M. le Sénateur Bérenger.

Le clown pharamineux, le vieux pitre fourbu,
Près du piston poussif activent la parade ;
Emplissant le comptoir qui domine l'estrade,
Trône la proxénète au profil de Zébu.

5

L'aboyeur, un ruffian cynique et très barbu,
De cette voix sans nom que le trois-six dégrade,
Glapit le boniment, l'alléchante tirade :
« Entrez voir la Beauté pure et sans attribut »

Au fond, sur le tréteau, quatre guenons insignes,
Dans le navrant déchet des formes et des lignes,
Insultent la plastique et font sangloter l'Art.

Mais le clou sans rival, l'attraction, le centre,
Est l'infâme nombril du souillon plein de fard,
Qui mime les tressauts de la danse du Ventre.

DOMPTEUSE DE SOURIS

Pour Elie Roux.

Rêve qu'enfanta la légende,
Blonde sœur des brunes houris,
Vient-elle de Broceliande ?
Son nom ? — C'est la Fée aux souris.

Sa voix d'or qui verse l'extase,
Jointe au pouvoir de ses doux yeux,
A su peupler tout un gymnase
De sujets savants, gracieux.

Leur troupe légère chemine
Du jonc flexible à son bras nu,
Blanches sœurs de la blanche hermine,
Gais artistes trottant menu.

Remuant leurs gentils nez roses,
Pleins d'aplomb, quoiqu'un peu tremblants,
Les mignons petits virtuoses
Passent comme des rêves blancs.

Plus vives que des acrobates,
Malgré leurs muscles exigus,
Elles s'arcboutent sur leurs pattes,
En émettant des cris aigus.

Elles viennent, s'en vont, frétillent,
Se croisent en mille réseaux,
Se rassemblent, puis s'éparpillent
Comme s'égrène un vol d'oiseaux.

Trottez ! courez ! la vie est brève ;
Battez vos joyeux entrechats :
Le bonheur, hélas, n'est qu'un rêve,
Petites souris, gare aux chats !

ORCHESTRE

Pour l'ami Guillard.

Plein de mépris pour l'acoustique,
L'impitoyable allegretto
Vient d'éclater ex abrupto,
Emplissant de bruits la boutique.

Près du trombone apoplectique,
Le piston, le bugle et l'alto
Rivent leurs boules de loto
Sur le tambour qui les critique.

La clarinette et le hautbois,
La petite flûte aux abois,
Lisent des couacs sur les piédouches :

Le saxhorn émet des airs louches
Et le cor clame — loin du bois, —
Des douches ! des douches ! des douches !

MANÈGE DE CHEVAUX VIVANTS

Pour Edmond Born.

Marchands de sucre ou de chandelles
Ronds de cuir, dames de comptoir,
Pipelets, garçons d'abattoir,
Calicots; trottins peu fidèles,

S'agrippant aux larges bardelles
D'où les rapprocha le montoir,
Dédaigneux de l'humble trottoir
Ils flottent sur leurs haridelles.

5*

Et, dans le somptueux décor,
Au son de la trompe et du cor,
Ces échalas et ces futailles,

Rêvent tournois, duels, hallalis,
Damoiselles aux vis pâlis
Brodant les pennons des batailles.

ARMAND LE BOUCHER

Pour Antonin Martin.

Sur l'estrade érigeant sa carrure et sa force,
Le lutteur fait le beau, plastronne, enfle son torse,
Sur ses durs pectoraux croise ses bras pileux
Dont les biceps très blancs s'étoilent de points bleus,
— Profils, emblêmes, cœurs, traversés d'une flèche, —
Agace le clown maigre ou la caissière blèche,
Dans ses doigts boudinés brandit le porte voix,
Défie un amateur, deux, cinq, dix, à la fois,
Fait des bons mots, roulant ses yeux avec ses *r*,
Domine par ses cris l'orchestre et son tonnerre,
Lance des caleçons, éparpille des gants ;
Lorsque, soudain, parmi les couples élégants ;

Son œil noyé de graisse a perçu, songe rose,
Le regard quémandeur d'une blonde à névrose ;
Et sa mâchoire lourde a grincé de désir.
Mais Gavroche qui sait tout voir et tout saisir,
Goûtant peu les appas dont la dame est friande,
Lui nasille : « Eh ! va donc, paquet, rentre ta viande ! »

BALANÇOIRES

Dieu, la famille, la religion, la
patrie... et autres balançoires.
Le Président Cartier.

La première, ici, peinte en bleu,
Vous représente le bon Dieu.

La seconde où toujours fourmille
Un flot de moutards, la famille.

Cette autre avec sa légion
De clients : la Religion.

Celle-ci coquette et fleurie,
Cartier l'a dit : « c'est la Patrie ! »

Mais ce phénix des Présidents
Malgré tout s'est f...ichu dedans,

Puisque, dans sa nomenclature,
Il omit la Magistrature.

LE PITRE

> Ce qu'ils ont de lugubre, c'est
> qu'ils rient...
> Catulle MENDÈS (*La vie et
> la mort d'un clown*).

Sous l'œil rouge des lumignons,
Faisant trembler charpente et vitre,
Parmi ses tristes compagnons,
Gambade et grimace le pitre.

Le plus cru de tous les carmins
Badigeonna son nez, ses lèvres :
Blanc de face, noir quant aux mains,
Ses yeux sont faits au bleu de Sèvres.

Son corps en forme de zig zag
Mal posé sur ses pieds de faune,
Flotte dans un très large sac,
Jadis vert et maintenant jaune.

Des Amours vêtus d'un carquois
L'illustrent ; issant des ténèbres,
Une lune au profil narquois,
Rit sur ses ultimes vertèbres.

Un toupet debout, sur son front,
Met une flamme blond filasse ;
Sur son crâne luisant et rond,
Le chapeau pointu se prélasse.

Et ce fantoche exaspérant
Va, vient, crie, hurle, se démène,
Grenier à coups, indifférent,
Chien battu, pauvre loque humaine.

Entre un roulement de tambour
Et le couac d'un tambour insane,

Il réitère un calembour,
Il exploite le coq à l'âne.

Pour le plaisir de maints badauds,
A travers son échine frêle.
Sur sa face, au bas de son dos,
Les coups pleuvent dru comme grêle.

« Quinte, quatorze, as, trèfle, atout,
« Je marque, je bats et j'en donne... »
Coups et lazzis, il reçoit tout,
Né répond rien, souffre et pardonne.

Car le saltimbanque flétri
Que chacun bat, gourmande et leurre,
Le pitre abject dont chacun rit,
Parfois entend son cœur qui pleure.

Source amère, sans bruit, tout bas,
Sur sa face qui sourit toute,
Bien des larmes qu'on ne voit pas,
Tracent leurs sillons goutte à goutte.

Et tandis que le corps falot
Bondit sous la livrée infâme,
Ecoutez : le bruit d'un sanglot
Sonne l'obscur deuil de son âme.

ENVOI

Que de gens au loin réputés,
Savants courbés sur leurs pupitres,
Préfets, magistrats, députés,
Comme toi ne sont que des pitres !

L'ABOYEUR

Pour Charles Guilhaumon.

Ce n'est plus le montreur de l'ancien boniment,
Présentant avec l'imprévu des épithètes,
Le Géant, l'Homme chien, le mouton à trois têtes,
Le Nain, Troppmann, Deibler, l'el, Crime et Châtiment.

L'Aboyeur modern' style unit le sentiment
De la tenue à l'art des nuances parfaites ;
Parnassiens, décadents, néo-latins, esthètes,
Il prend là le poisson, ici le condiment.

Et devant les tréteaux où sa voix résolue.
Vêt de splendeurs Fatma, Kobelkoff, La Goulue,
Et la Femme torpille et l'Orang fraternel,

Empoignés par son chic, séduits par ses manières,
Nous évoquons Vanor, Lemaître, Deschanel,
Le Pont des Arts, la Chambre avec les Bodinières.

MARCHANDE DE MASQUES

Fin profil, bouche amère, œil tendre,
Rire ou pleurs, tristesse ou gaîté,
Chic applaudi, talent fêté,
Les voici tous : masques à vendre !

Faites vos choix, sans vous leurrer :
J'ai la tristesse et les dictames ;
A bon marché, messieurs, mesdames,
Qui veut rire, qui veut pleurer ?

Pour les amants de Melpomène,
J'ai Macbeth et Théodora,
Cléopâtre, Iseyl, Sarah,
L'Aiglon, la Princesse lointaine.

6

Votre pauvre cœur est-il plein
Du tourment dont l'Amour nous dote ?
Ne cherchez pas d'autre antidote,
Mais achetez-moi Coquelin.

Voulez-vous la Vénus lascive
Aux chahuts toujours suggestifs,
Noble Faubourg joint aux fortifs ?
En ce cas, prenez-moi Cassive.

Aimez-vous celui que flatta
Un succès toujours homogène ?
Choisissez madame Sans-Gêne,
Réjane ou bien Lysistrata.

Voici le grand, le seul, l'unique,
Monsieur Le Bargy Ripolin ;
Puis l'inénarrable Polin,
Dont l'œil gauche au droit dit : « Bernique ! »

Là, j'ai Tessandier, Galipaux,
Marthe Mellot tendre ou colère,
Ici Lambrecht, Cléo, Polaire,
Mallet sous ses blancs oripeaux.

Et tous les autres que j'oublie,
Dont pas un ne nous laisse froid,
Qu'ils agitent sur nous l'effroi,
Ou les grelots de la folie.

Geste applaudi, talent fêté,
Deuil passager, joie éphémère,
Que chacun prenne sa chimère :
Je vends les pleurs et la gaîté !

LES FRELONS

Les moralistes qui ont essayé
de travailler à leur relève-
ment, n'ont trouvé chez ces
malfaiteurs insolents, que
des frelons pillards d'abeilles
ou de cantharides...

    L. Roger-MILÈS.

Les voici revenus, radieux et fringants,
La Vénus des fortifs, la Comète et le Lophe,
La Teigne, la Costau, le Meg, le Philosophe,
Les aminches hardis, la pègre, les brigands,

Des bagues en doublé pleins leurs doigts veufs de gants,
Ils s'en vont deux par deux, la démarche en boustrophe,
Arborant des foulards à l'aveuglante étoffe,
L'accroche cœur plaqué par la glu des onguents.

                        6*

Ouvrez l'œil et le bon, cacochymes concierges ;
Prenez garde, mamans, vieux rentiers, jeunes vierges ;
Marcheurs, gare au surin ; bourgeois gare à l'impôt.

Les oiseaux de malheur ont quitté la volière ;
Neuilly sous ses lampions fait la pige au Dépôt :
Caveant consules ! Veillez Monsieur Soulière !

LES LAPINS
Poème amorphe.

Pour Franc Nohain.

Mignons lapins, fameux lapins,
Nous sommes les aimés copains
Des cochons gras, ventrus, poupins,
Qui tournent à la gauche du lutteur mulâtre,
Et des homards, troupe folâtre,
Sans poil aux pattes,
Qui rétrogradent circulairement quatre par quatre.

Nous avons des attaches fines,
Et vos hermines,
Garde des Sceaux,
Présidents, substituts, juges des tribunaux,
Comparées à nos fourrures pures,
Que rien ne macule,
Ressemblent aux indicibles pelures
Des biffins qui, dès l'aube, farfouillent dans les sceaux
Aux peaux de biques ridicules
De ces chauffeurs pannés qui manquent de carbure.

*
* *

On vient nous voir en foule ; on nous adore ;
Des dames, des messieurs, des rastas que décore
Un ruban violet, verdâtre ou tricolore,
Des lycéens traitant leurs cousines de pécores,
Bourgeois, ouvrier, encore ! encore !
Louvre, Printemps et Bon Marché,
Pygmalion, La Ménagère,
Et tous ceux de chez Allez frères ;
A Neuilly tous, fouette cocher !
Et vous ne manquez pas, Rouff, Doucet, Worth,

De nous envoyer vos trottins,
Et toi, Paquin,
Tes mannequins
Qui ne demandent qu'à marcher,
Vos essayeuses, vos premières,
Très fières
Au bras du chef comptable ou des placiers.

Et ce sont de fines plaisanteries,
Comme on en fait au Châtelet dans les féeries ;
Réminiscences des tables d'hôte,
Visant les gros louis, ces fragments de banknotes.
Que l'on mit entre nos quenotes
Au grand scandale des cocottes.

Quant aux actrices du Français,
C'est
Avec des mines adorables
Qu'elles s'extasient sur nos rables,
Tandis que les divas de cafés concerts,
En nous lorgnant tout de travers,
Fredonnent de Léon Valbert,
Les blagues les plus exécrables.

⁂

Des maestros
Ou des bistros,
Qui sait? tout, ici-bas, n'est-il pas possible !
Composèrent pour vous des symphonies,
Harmonie, harmonie,
Macaroni fils d'Italie,
Qu'égrène un opulent orgue de Barbarie,
Au désespoir muet des voisins irascibles,
Plaintives cibles :
La modiste, l'huissier, l'épais marchand de comestibles,
Le Nain jaune, la Plume d'or, les Vins en gros,
Et la Sage-femme accorte dont Bouguereau
Brossa l'enseigne immarcescible,

Choux de Bruxelles, Arts libéraux,
Navets, poireaux !

*
* *

Voilà, voilà ! Mais le dimanche,
C'est une autre paire de manches :

7

De Courbevoie et de Puteaux,
Par le rond-point de la Défense,
Des Faubourgs où grouille le populo,
Méli, mélo,
A l'instar des formidables avalanches,
Dégringolent les citoyens,
Avec leurs femmes, leurs gosses et pas de chiens.
Alors le Mont Valérien,
Les forts d'Issy, Vanves, Montrouge,
Donnent l'essor à l'envol des pantalons rouges ;
Des gouges
Viennent au bras des brigadiers du Train ;
Sous-officiers de cuirassiers,
Lourds cavaliers de la remonte,
Larbin glabre, soubrette blonde,
En ce bas monde,
Chacun son tour ;
Et c'est le jour
Du prolétaire,
Et du soldat flanqué de la bonne à tout faire.

∴

Mais, hélas, quelque fois aussi,
Des garçons bouchers

Endimanchés,
Des municipaux à bicorne,
Amènent des dames du monde qu'orne
Un abdomen énorme, énorme,
Et qui débitent des cochonneries
Placidement d'une voix morne.
Des gentlemen sans préjugés,
Portant tous le prénom d'Alphonse,
Et s'appelant entre eux des « gonces »
(Leur sexe est parfois incertain)
Collent des pains
A des demoiselles manquant de tenue
Qui se balladent en costume de satin,
(Sans doute parce qu'elles en ont supprimé la cédille
Comme inutile)
Jupon crasseux et tête nue,
Sous l'œil paternel des sergots dans l'Avenue :
Mais pour l'effet
Que ça nous fait,
Nous aimerions autant Déroulède ou Buffet.

* *

Hélas ! le cœur gros de souci,
Nuit et jour nous tournons ici,

Couci ;
Femme propose, Amour dispose :
Pauvres lapins,
Tristes copains
Des cochons gras, dodus et roses,
Sous nos lambris dorés et peints,
Hélas ! nous attendons toujours qu'on nous *dépose*

SALON DE TIR

Pour Pierre Fabre.

— « Notre divertissement dame
« Le pion aux jeux de casse-cou ;
« C'est pour rien ; à deux sous le coup :
« Entrez monsieur, tirez madame !

« Voici les cartons, le jet d'eau
« Où l'œuf monte et descend folâtre,
« Puis la ménagerie en plâtre,
« Et la cible peinte au rideau.

« Pistolets, fusils, carabines,
« Lebel, Martiny, Remington,
« Armes select et de bon ton,
« N'endommageant point les bobines.

« Essayez ! » — Et tous accourus
Des bureaux, clubs, comptoirs, boutiques,
Longs, courts, maigres, apoplectiques,
Tartarins, sécots ou ventrus,

Vrais héritiers des prototypes
Dont la hache abattait l'auroch,
L'œil féroce et le cœur de roc,
Nos bons bourgeois cassent des pipes !

AU GRAND THÉATRE LEGOIS

Pour Roger Debrenne.

AU GRAND THEATRE LEGOIS

I

JEUNE PREMIÈRE

Cheveux roux flottants, gorge nue,
Seins convulsés de longs effrois,
Dans la grande scène du trois,
Elle meurt d'amour, l'Ingénue.

Depuis trente ans, frêle, menue,
Dans ces décors miteux et froids,
Elle traîne sa lourde croix
D'incomprise et de méconnue.

7*

Trente ans ! Mais dans son pauvre cœur,
L'espoir renaît pourtant vainqueur,
Chaque soir, quand monte la toile,

Qu'un jour tout Paris la verra
Vedette, grand succès, étoile,
Comme Hading, Réjane ou Sarah.

II

VIEUX CABOTS

Chez Morel où la « banque » abrite ses palabres
Avec leurs yeux pointus trouant leurs faces glabres
Que le fard fit blémir, que la faim ravagea,
Les deux cabots penchés sur une absinthe orgeat,
Près du comptoir poli revivent leurs vieux rôles,
En un flux de mots vains, puérils, parfois drôles :
— « M'as-tu vu dans Ruy Blas, à Meaux, l'été dernier ?
— « Moi, dans le Juif Errant, je dégote Menier ! »
— « M'as-tu vu dans Augier ? — « M'as-tu vu dans Shaks[

— « Un soir j'eus trois rappels à Nancy, sous l'Empire »...
... Puis, la verte opérant son effet bien prévu,
L'estaminet soudain s'emplit de : « M'as-tu vu ? »

III

JEUNE PREMIER

Avec ses longs yeux en amande,
Sa désinvolture et son chic,
Il est l'idole du public,
Qui chaque soir le redemande

Pour lui, pas de suif, d'amende,
Legois lui fait un pachalik,
Car on guette ce Frédérick
Au grand Théâtre de Marmande.

Aussi, don Juan enorgueilli
Par les lauriers d'or qu'il cueillit,
Et les cœurs brisés en province,

Devant le cercle recueilli
Des Célimènes de Neuilly,
Sa bouche avec dédain se pince.

IV

LA PANNE

Ayant reçu d'un snob des bravos et des fleurs,
Les sens bouleversés, les yeux mouillés de pleurs,
La panne qu'on produit pour son torse et sa jambe,
Seule au fond de la loge étroite où le gaz flambe,
Sent dans son pauvre cœur, gonflé d'émotion,
Se réveiller soudain la vieille ambition :
« Elle a tout ce qu'il faut pour faire une divette
« Plus de voix que Judic, plus d'étoffe qu'Yvette,
« Un galbe... » Mais la cloche appelle pour le trois,
Et tout en se hâtant par les couloirs étroits,
Elle ne comprend pas quel guignon la condamne
Malgré tout son talent, à rester une panne.

V

Avec un rictus diabolique
Et des sarcasmes dans la voix,
L'œil tendre et féroce à la fois,
Le Traître a lancé la réplique.

Armé de la vieille relique
Dérobée au Baron grivois,
Il tient asservie à ses lois,
L'Orpheline au front angélique.

Devant son chic de gigolo,
— Cœurs naïfs — le bon populo
Clame son dégoût et sa haine ;

Mais Lui « boit du lait » triomphant,
Quand un connaisseur plus amène
S'écrie : « On dirait Etiévant ! »

LA FEMME GÉANTE

Je suis née au fond de l'Ardèche,
Dans un minuscule châlet,
De parents plutôt dans la dèche,
Une nuit d'hiver, qu'il gelait :

Tâtez donc mon petit mollet !

J'apportais, en venant au monde,
Le corps couvert de poil follet,
Un ventre, tonne avec sa bonde,
Et la tête comme un boulet :

Tâtez donc mon petit mollet !

Sitôt après, que je fus née,
Mon appétit se révélait
Car j'absorbais dans ma journée,
Dix à douze jattes de lait :

Tâtez donc mon petit mollet !

Je grandis. — Bientôt, à l'école,
Avec la reprise et l'ourlet,
On m'enseigna le Protocole,
L'orthographe et le chapelet ;

Tâtez donc mon petit mollet !

Ma taille devint respectable,
J'enfournais dans mon pistolet,
Avant que de me mettre à table,
Comme apéritif, un poulet ;

Tâtez donc mon petit mollet !

Quand j'eus atteint, vers la vingtaine,
Mon développement complet,
A l'instar de croquemitaine,
J'usais d'un seau pour gobelet :

Tâtez donc mon petit mollet !

Un vrai prince sans alliage,
A papa qui se désolait,
M'ayant requise en mariage,
Je le trouvai trop gringalet :

Tâtez donc mon petit mollet !

Dès lors, traitant de saltimbanque
Tout prétendant mesquin ou laid,
J'ai gardé, pour le mettre en banque,
Mon capital pas encor blet :

Tâtez donc mon petit mollet !

J'ai montré par toute la terre
Mon torse élégant, peu replet,
Du Portugal en Angleterre,
De Saint-Pétersbourg à Cholet :

Tâtez donc mon petit mollet !

Mais à dix sous, prix trop modeste,
Le spectacle est fort incomplet.
Pour se rendre compte du reste,
C'est un franc de plus, s'il vous plaît :

Tâtez donc mon petit mollet.

LES DERNIERS SAUVAGES

Pour Auguste Marteroy.

La Turque au visage poupin
Invoque Allah de sa voix grêle,
Le Nippon jongle avec l'ombrelle,
Le Peau Rouge absorbe un lapin.

Le Nègre, un Batignollais peint,
Au Malabar cherche querelle,
L'Ainos racle une chanterelle,
Près du Madécasse tapin.

8

Sous ses oripeaux de polacre,
Le bonisseur discourt, discourt,
Avec des sourires de nacre ;

Et, tandis que la foule accourt,
On peut voir, s'arrêtant tout court,
Sangloter les chevaux de fiacre.

LES POMPIERS

Pour Henri Roblin.

Avec son ventre épiscopal,
Sa barbe de fleuve en ombelle,
Le bon capitaine rappelle
Un antique Assurbanipal.

Pareil à quelque joyeux reître
Que Roybet campa pour Humbert,
Le lieutenant fringant et vert,
Chemine sans traîner la guêtre.

Moustache d'encre à fils d'argent,
L'adjudant trotte sans monture,
Tandis qu'avec désinvolture,
Le caporal suit le Sergent.

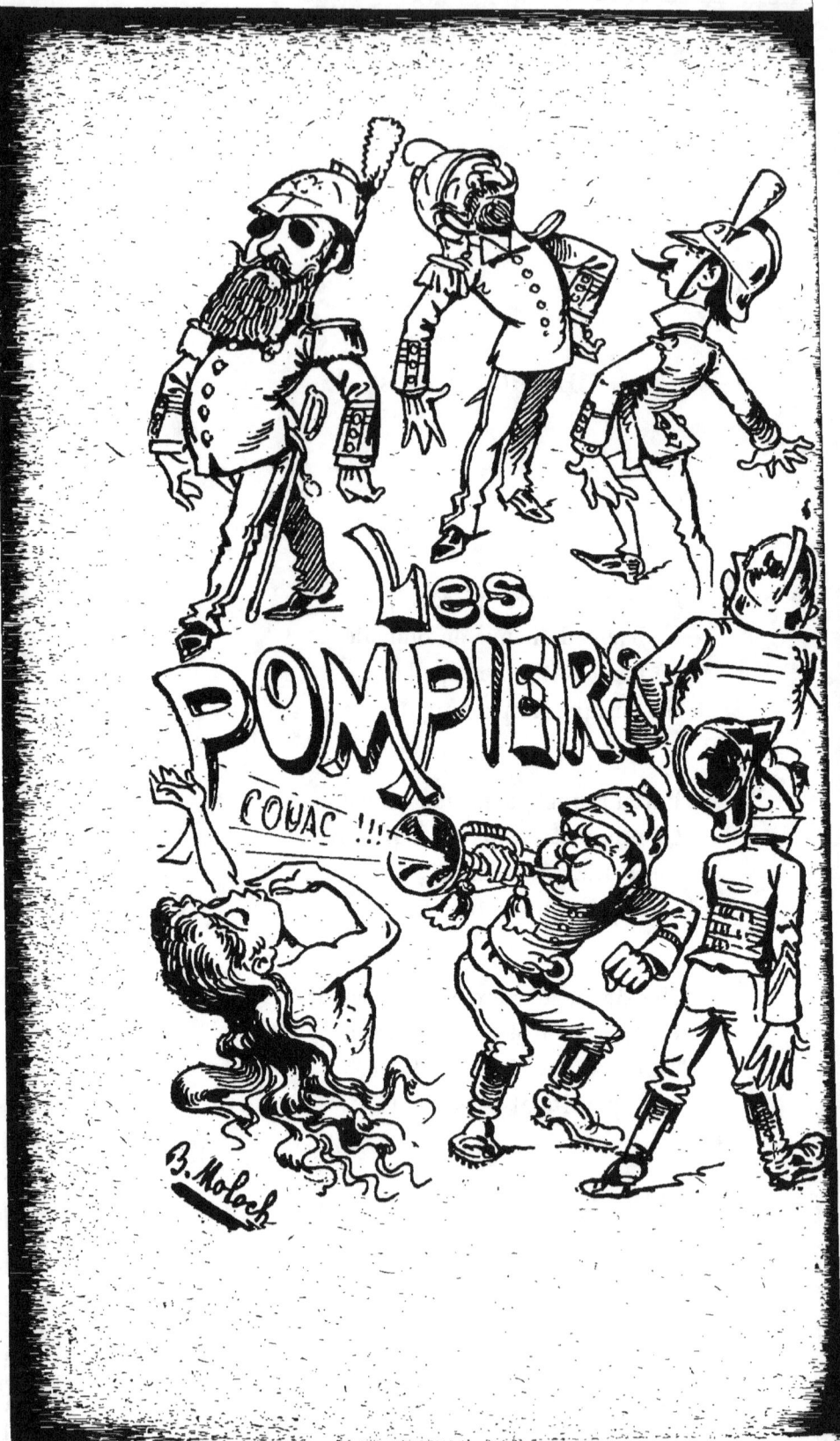

Pour appeler à l'aide, à l'aide,
Le clairon, sans peur ni remords,
Sonnera jusqu'après sa mort,
Comme celui de Déroulède.

Et, veufs de leurs vastes plumets,
Les fiers sapeurs casqués de cuivre,
Tous les soirs rêvent de poursuivre
Le feu qui n'éclate jamais.

Car, les prunelles agrandies
Emettant leurs rayons vainqueurs,
C'est seulement au fond des cœurs
Que s'allument les incendies.

8*

LA BARAQUE A LISBONNE

Pour Frédéric Loliée.

Velours où l'or ceint le grenat,
Palmiers qu'on suppose exotiques,
Modernes et vieilles pratiques,
Tréfonds d'emprunts, tréfonds d'ana ;

Lutteurs aspirant au Sénat,
Grecs dépourvus d'anciens portiques,
Montmartrois, Auvergnats, Attiques,
Ganymède, Hercule, Nana ;

Discorde par l'orchestre ourdie,
Aboyeurs dont la main brandie
Vous lance un programme alléchant ;

Puis, pour deux sous, l'air pas méchant
L'ex-colonel se détachant
Sur son bengale en incendie.

FANTOCHES

Pour Jean Bertheroy.

Dans le pompeux décor du minuscule Versailles
forain s'agitent, gracieuses évocations du grand siècle
les Fantoches, dont des fils invisibles dirigent tous
les mouvements, exactement comme pour les marion-
nettes que nous sommes Et voici ce qu'un Mousquetaire
en Carton et une Dame d'Honneur en cire se content
tout bas en dansant la Pavane aux accords de la musique de Lulli interprétée par un orgue Limonaire :

    — « Diadème ornant vos cheveux,
    Joyaux brillant de mille feux,
    Manteau d'hermine à longue traîne,
    Ample jupe et corsage étroit...
    On va me prendre pour le Roi
    Puisque vous semblez une reine,
    Marquise, à votre baise-main,
    J'aurai bien des jaloux demain ! »

— « On se balance on se pavane
A pas lents, mesurés égaux,
Chevalier, pas de madrigaux,
Quand la Cour danse la Pavane ».

— « Aux flammes de vos yeux vainqueurs
Viennent se brûler tous les cœurs ;
Leur pouvoir est si redoutable
Que, même sur Sa Majesté,
Il s'est, dit-on, manifesté.
A madame la Connétable,
Marquise, étant divine ainsi,
Vous donnerez bien du souci ! »

— « On se balance, on se pavane,
La Connétable a des appas,
Chevalier, ne médisons pas,
Quand la Cour danse la Pavane ».

— « Les plus petits et les plus grands,
Sous vos regards indifférents
Se courbent, pareils au brin d'herbe ;
De la Diane à l'arc d'airain,

Vous avez le port souverain,
Le profil pur, le cœur superbe :
Quel est l'Endymion heureux
Qui saura le rendre amoureux ? »

— « On se balance, on se pavane,
Dans tout cœur se cache un secret,
Chevalier, soyez plus discret
Quand la Cour danse la Pavane.

— « Mais vous pâlissez... votre voix
Semble triste et douce à la fois...
Votre haleine devient plus brève...
Votre main tremble... ah !... cet émoi...
Et vos grands yeux fixés sur moi...
Marquise n'est-ce point un rêve ?
S'il doit, hélas, s'évanouir,
Oh ! pourquoi, pourquoi m'éblouir ? »

— « On se balance, on se pavane
Et le cœur jase en étourdi ;
Chevalier, sait-on ce qu'on dit
Quand la Cour danse la Pavane ?

— « Par des sentiers longs et plaisants,
Venez ; les astres complaisants
Au ciel brillent par myriades ;
Venez, nous irons loin du bruit
Ecouter ce que, dans la nuit,
Les Sylvains content aux Dryades
Dans les bosquets de Trianon...
Marquise, oh, pourquoi dire non ? »

— « On se balance, on se pavane,
Nous voilà d'un pas en retard,
Chevalier... un soir... le hasard...
Maintenant dansons la Pavane.

CIRQUE CORVI

Pour F. Corvi.

Zoagogue sans parchemins,
Diplômes lourds, roides peaux d'ânes,
Déserteur fuyant les chemins
Tracés par monsieur de Fontanes.

Mieux que nos docteurs décevants
Armés de leurs vaines méthodes,
Tu sais rendre à peu près savants
Jusqu'aux obtus gastéropodes.

Tu n'as souci du Rudiment,
Pas plus que le Goth ou l'Hérule,
Mais ta troupe, au seul boniment
Obéit, mieux qu'à la férule.

Et c'est merveille de te voir,
Dans ce monde en miniature,
Plier aux normes du devoir
Les fiers enfants de la nature.

Car, atténuant leurs défauts,
Tous, du plus grave au plus espiègle,
Bertrands, Ratons, Martins, Brifauts,
Tous obéissent à la règle.

Ils ont pourtant reçu de Dieu
La dent, le sabot, ou la griffe ;
Mais, dès qu'apparaît ton frac bleu,
Tout plie et nul ne se rebiffe.

Quand tu les compares, ravi,
Avec les pantins que nous sommes,
Au fond de ton âme, O Corvi,
Que tu dois mépriser les hommes !

LOTERIE

Les voix baissent d'un demi-ton,
Le dièze a fait place au bécarre,
Tout comme un simple marmiton,
Les charites ont un catarrhe.

L'une blonde comme les blés,
Profil romain, gorge opulente,
Brandit les cartons maculés,
Avec la vigueur d'Atalante.

L'autre aussi brune que la nuit,
Dans un laïus de forme attique,
Exalte, en baillant son ennui,
Les lots rangés dans la boutique.

La troisième, un Greuze châtain
Dont le menton porte fossette,
Dans un petit coffre en satin,
Met les gros sous de la recette.

Nez flamboyant comme attribut,
Attentif à tourner la roue,
Le patron, Hermès très barbu,
Va, vient, se démène, s'ébroue.

Et devant l'éclat des cristaux
Où chante la lumière crue,
Le quatuor sur ses tréteaux
Bonimente la foule accrue.

Mais la poussière en tourbillon
Vole, s'épand, épaisse brume.
Adieu la chanson du grillon,
Les trois Charites ont un rhume !

9*

CYCLOPHOBIE

LES GÊNEURS

Pour Alcyon.

Nous n'irons plus au Bois : vers Neuilly, puis Saint Cloud
Le calicot joyeux peinant sur ses pédales
Et le chauffeur cachant sa poire sous un loup,
Remorquent les trottins qui sèment des scandales.
C'est le temps revenu des Goths et des Vandales ;
Nous n'irons plus au Bois : trop de gens ont un clou !

Martelant le tympan jusqu'à ce qu'il se rompe,
Le grelot argentin, l'aigre son de la trompe,
Semblent rire et clamer, tels de méchants hautbois :
« Coucou pour le mari que son épouse trompe »
Les sportsmen écrasant l'électeur aux abois
Filent tous vers Neuilly : nous n'irons plus au Bois.

L'INVASION

Pour Th. Cook and son.

Pendant que rats, mondaines,
Snobs, bourgeois à bedaines,
Sur les plages lointaines,
Flirtent loin de Paris,
Dans la Fête-exutoire,
Circule mainte poire,
Aux tons verdâtre, ivoire,
Jaune, bleu, rouge, gris.

Par ce temps ridicule
Où tout chrétien recule

Devant la canicule,
Fut-il un ratapoil,
Des pôles, des tropiques,
S'amènent, beaux, équipes,
Longs, courts, secs, hydropiques,
Les rastas de tout poil.

En pompeux équipage
Avec groom, laquais, page,
Toilette à grand tapage,
Lard, Bible et fandango,
Voici les vierges folles,
Les mamans bénévoles,
Les épouses frivoles
De Sucre ou Chicago.

Dans de modestes fiacres,
Voici les métis pouacres,
Les Puritains, les Quakres,
Les Sioux, les quarterons ;
Sur les croupes démentes
Des pigs, — amants, amantes,
Pleurez ! — six Garamantes
Remorquent trois Hurons.

Au plastron qui s'agrafe
Sous un col de girafe,
Les bouchons de carafe
Scintillent aveuglants ;
La turquoise divague,
Le rubis extravague,
Chaque doigt a sa bague
Par dessus les gants blancs.

Qu'il ressorte ou qu'il rentre,
On voit sur chaque ventre,
Des contours jusqu'au centre,
Des sternums aux nombrils,
Danser chaînes, breloques,
Médaillons, pendeloques,
Cailloux très équivoques,
Gros comme des barils.

Les yeux saillent en boule,
Comme un mur qui s'écroule,
Comme un express qui roule,
Comme une auto sans frein,
Les syllabes puissantes,
Sonores, bruissantes,

Vibrent retentissantes,
En un fracas d'airain.

Plus loin, c'est la province,
La bourgeoise qui pince
Sa taille jadis mince,
Le noble campagnard,
L'épais propriétaire,
Le magistrat austère,
L'ingambe et frais notaire
Et l'Avoué cagnard.

Ici des marloupates
Crânent, font leurs épates,
En pantalons à pattes:
En casquette à trois ponts ;
Là-bas se traînent, lasse,
La bobonne sans place,
Le troupier de la classe,
La pierreuse en jupon.

Et tout cela scintille,
Va, vient, passe, frétille ;
C'est l'antique Courtille

Qui des hauteurs s'abat ;
Et Neuilly devient presque
Une Babel grotesque
Où grouille le burlesque,
Un antre de Sabbat.

LE MONSTRE

Boniment.

Pour le Mien et pour Celui
de la belle Otero.

La nature est féconde en êtres incléments :
Les requins, les jaguars, les lynx, les caïmans,
L'hippopotame lourd, les rugueux crocodiles,
Les tigres dont la jungle abrita les idylles,
L'astucieux puma, l'épais rhinocéros,
Le loup, la hyène, l'ours blanc, vivant Paros,
La pieuvre, le boa, le gorille athlétique,
Le concierge, l'huissier, l'éditeur, le critique,
Sont de mauvais coucheurs ; unanime est l'accord.
Mais le Monstre odieux qui détient le record,
Mieux que l'Alligator que l'once ou la panthère,
Et mieux que le chacal, le naja, le vautour,
On le voit pour deux sous : chacun aura son tour ;

A moitié prix enfants, bonnes et militaires,
Deux sous ! Entrez le voir : c'est le Propriétaire !

RONDELS FORAINS

Pour L. Roger-Milès.

LUNDI

Que dire de toi vieux Lundi ?
Rien ou du moins fort peu de chose :
La banque chôme, on se repose,
On dort, boit, mange, et tout est dit.

L'indigène seul s'ébaudit,
Quand tu reviens vide et morose.
Que dire de toi, vieux Lundi ?
Rien ou du moins fort peu de chose.

Jour de migraine et de chlorose
De filoselle et d'organdi,
Balançoires, sucre candi...
En vers hélas pas plus qu'en prose,

Que dire de toi, vieux Lundi ?

MARDI

C'est le jour chic, c'est le jour smart :
A vos tréteaux, forains, foraines !
Voici les Grands ducs et les Reines,
Gerolstein et Montélimar.

Voici le Gotha du plumart,
Baronnes d'Ange ou de Suresnes :
C'est le jour chic, c'est le jour smart,
A vos tréteaux, forains, foraines.

Julot, fourbis ton braquemart,
Marseille, éponge tes arènes,
Domptez, dompteurs, acré, sirènes,
Pince l'occas' femme homard,

C'est le jour chic, c'est le jour smart !

MERCREDI

Quand ton crépuscule s'étend
Au loin sur les baraques ternes,
Triste mercredi, tu consternes
Le forain toujours mécontent.

Au lampion le plus éclatant,
Tu donnes l'aspect des lanternes,
Quand ton crépuscule s'étend,
Au loin, sur les baraques ternes.

Tu n'amènes que l'habitant
De Levallois, Puteaux, les Ternes,
De quelques Boulevards externes...
C'est la purée, empiétant,

Quand ton crépuscule s'étend.

10

JEUDI

Les potaches sont en congé,
Hurrah ! pour la danse du Ventre.
Leur désir fouilleur se concentre,
Sur ce qu'interdit Bérenger.

Quand tinte l'heure du berger,
Ah ! pourquoi faut-il que l'on rentre ?
Les potaches sont en congé
Hurrah pour la danse du Ventre.

Ce nombril, ô vieil Agrégé,
C'est l'œil que clignait dans son antre,
Polyphème ivre comme un chantre :
Sage Odysseus, vieille au danger,

Les potaches sont en congé.

VENDREDI

Elle a mis son vaste chapeau
Et sa plus criarde toilette :
Un doigt de fard, sous la voilette,
Avive l'éclat de sa peau.

Lui, veule, chétif et pas beau,
A son bras marche à l'aveuglette.
Elle a mis son vaste chapeau,
Et sa plus criarde toilette.

Les cinq filles, muet troupeau,
Filent devant, sous sa houlette,
Admirant le dompteur, l'athlète
Et le clown qui fait le drapeau.

Elle a mis son vaste chapeau.

SAMEDI

Midinettes, petites mains,
Calicots, accourez en masse,
Par les Métros où l'on s'amasse
Et par les tramways inhumains.

A Neuilly, par tous les chemins,
Comme des poissons vers la nasse,
Midinettes, petites mains,
Calicots accourez en masse.

Devant les athlètes romains,
Les Tirs, la Femme à barbe hommasse,
Le dompteur, le clown qui grimace,
Oubliez les durs lendemains,

Midinettes, petites mains.

10°

DIMANCHE

A tous les clochers banlieusards
Les carillons sonnent Dimanche :
Bon populo, prends ta revanche
Loin de l'usine et des bazars.

Viens satisfaire au sein de tes arts,
Ta soif du beau que rien n'étanche;
A tous les clochers banlieusards
Les carillons sonnent Dimanche.

Ronds de cuir, calicots, blousards,
Mannequin, bonne à coiffe blanche,
Pioupiou dont le bras se déclanche.
L'airain sonne vos balthazars.

A tous les clochers banlieusards.

VILLÉGIATURES

Tandis que les forains cossus,
Aux bords des méditerranées,
Vont semer louis d'or, guinées,
Banknotes à Neuilly perçus,

Seuls, au pied des talus bossus
Bordant les fortifs surannées,
Tout l'hiver, depuis des années,
Campent les gueux toujours déçus.

Le ciel est froid, la bise acerbe,
Mais le vieux cheval a de l'herbe,
La nichée un modeste abri :

La femme torche la marmaille,
L'homme bricole et Dieu sourit
A ces richards sans sou ni maille.

TABLE DES MATIÈRES

AU GRAND THÉATRE LEGOIS

RONDELS FORAINS

SAINT-AMAND (CHER). — IMPRIMERIE BUSSIÈRE

Dernières Nouveautés (POÉSIES)

PAUL VERLAINE
Œuvres posthumes. Vers et Proses. 1 fort volume in-16 dans le même format et sur le même papier que les *Œuvres complètes* en 5 volumes dont il termine l'édition. Broché : 6 fr. Relié amateur . . . . **10 fr. »»**
Poésies Religieuses. Etude-Préface de J.-K. HUYSMANS. 1 fort vol. in-18 . . . . **3 fr. 50**

TRISTAN CORBIÈRE
Les Amours jaunes. Œuvres complètes du poète en un fort vol. in-18 avec un portrait de l'auteur. Broché . . . **3 fr. 50**

EDOUARD DUBUS
Quand les violons sont partis et Vers posthumes. Poésies complètes. 1 vol. in-12 . . . . . . **3 fr. 50**

ADOLPHE RETTÉ
Poésies. 1897-1906. *Campagnes premières. Lumières tranquilles. Poèmes de la forêt et vers inédits.* 1ʳᵉ édition, vergé, 2ᵉ édition. In-12 broché . . . . **3 fr. 50**
200 exemplaires in-16, à. . . . . **5 fr. » »**
60 exemplaires sur chine à . . . . **10 fr. » »**

ADA NÉGRI
Maternità. Poésies. Traduction de Mᵐᵉ DESMARÈS DE HILL. Lettre de M. RENÉ BAZIN 1 vol. in-12 . . . . . . **3 fr. 50**

VICTOR LITSCHFOUSSE
L'Ame d'autrui. Préface de LAURENT TAILHADE. Couverture eau forte de JEAN VEBER. In-16 broché. . . . . . . **3 fr. 50**

RENÉ GHIL
Œuvre : Le Vœu de vivre, tome II Livre III de *Dire du Mieux*, première partie de *Œuvre*. Edition nouvelle et remaniée. In-12. . . . . **3 fr. 50**

PIERRE CORRARD
Les Opalines. Poésies suivies de prose. Portrait de l'auteur par Madame CHARMAISON. 1 vol. in-12 broché. . . **3 fr. 50**

SYLVAIN DÉGLANTINE
La Lyre malgache. Ouvrage couronné par l'Académie française, 1906. In-12 . . . . **3 fr. 50**

CHARLES BRUN
Le Sang des Vignes. In-12 broché. . . . . . **3 fr. 50**

FERDINAND BOUTRON
Eteules. 1 volume in-12. Broché . . . . . . **3 fr. 50**

EUGÈNE CASANOVA
Heures de Rève. Poésies. 1 vol. in-16 broché . . **3 fr. » »**

FERDINAND LOVIO
Rondels Païens. 1 vol. in-12 broché . . . . **3 fr. 50**

www.ingramcontent.com/pod-product-compliance
Lightning Source LLC
Chambersburg PA
CBHW070857030726
47504CB00005B/1362